Los
Cuentos
de
Beedle
el
Bardo

Serie Harry Potter:

Harry Potter y la piedra filosofal
Harry Potter y la cámara secreta
Harry Potter y el prisionero de Azkaban
Harry Potter y el cáliz de fuego
Harry Potter y la Orden del Fénix
Harry Potter y el misterio del príncipe
Harry Potter y las Reliquias de la Muerte

Títulos disponibles en latín:

Harry Potter y la piedra filosofal
Harry Potter y la cámara secreta

Títulos disponibles en galés, irlandés y griego clásico:

Harry Potter y la piedra filosofal

Otros títulos disponibles:

Quidditch a través de los tiempos
Animales fantásticos y dónde encontrarlos

J. K. ROWLING

LOS
CUENTOS
DE
BEEDLE
EL
BARDO

Traducidos de las runas
por Hermione Granger

children's
HIGH LEVEL GROUP

health. education. welfare.

salamandra

Título original: *The Tales of Beedle the Bard*

Traducción: Gemma Rovira Ortega

Ilustración de la cubierta: Dolores Avendaño

Copyright del texto y las ilustraciones interiores © J. K. Rowling 2007/2008
Publicado por The Children's High Level Group en colaboración con Ediciones Salamandra

J. K. Rowling has asserted her moral rights.

First published in Great Britain in 2008 by the Children's High Level Group
in association with Bloomsbury Publishing Plc.

The Children's High Level Group and the Children's High Level Group logo
and associated logos are trademarks of the Children's High Level Group.

The Children's High Level Group (CHLG) is a charity established under English law.
Registered charity number 1112575
45 Great Peter Street, London, SW1P 3LT
www.chlg.org

childrens
HIGH LEVEL GROUP
health, education, welfare.

Publicaciones y Ediciones Salamandra, S.A.
Almogàvers, 56, 7º 2ª - 08018 Barcelona - Tel. 93 215 11 99
www.salamandra.info

ISBN: 978-84-9838-195-5
Depósito legal: NA-3.116-2008

1ª edición, diciembre de 2008
Printed in Spain

Impreso y encuadernado en:
RODESA - Pol. Ind. San Miguel. Villatuerta (Navarra)

CONTENIDO

Introducción   11

1

EL MAGO Y EL CAZO SALTARÍN   21

2

LA FUENTE DE LA BUENA FORTUNA   39

3

EL CORAZÓN PELUDO DEL BRUJO   59

4

BABBITTY RABBITTY Y SU CEPA CARCAJEANTE   75

5

LA FÁBULA DE LOS TRES HERMANOS   97

*Mensaje personal de la eurodiputada
Emma Nicholson, baronesa de Winterbourne*   115

Introducción

Cuentos de Beedle el Bardo es una colección de relatos infantiles para magos y brujas. Se trata de historias muy populares desde hace siglos; para muchos alumnos de Hogwarts, «El cazo saltarín» y «La fuente de la buena fortuna» son tan familiares como «La Cenicienta» y «La Bella Durmiente» para los niños muggles (no mágicos).

Las historias de Beedle se parecen a nuestros cuentos de hadas en muchos aspectos. Por ejemplo, la virtud a menudo tiene recompensa; y la maldad, castigo. Sin embargo, hay una marcada diferencia. En los cuentos de hadas de los muggles, la magia suele ser la causa de los problemas del héroe o la heroína: la bruja malvada ha envenenado la manzana, ha sumido a la princesa en un sueño de cien años o

ha convertido al príncipe en una bestia espantosa. En los *Cuentos de Beedle el Bardo*, en cambio, los héroes y heroínas saben hacer magia, pero aun así les resulta tan difícil como a nosotros resolver sus problemas. Las historias de Beedle han ayudado a muchas generaciones de padres magos a explicar a sus hijos esta dolorosa realidad: que la magia, además de solucionar problemas, también los ocasiona.

Otra diferencia destacada entre esas fábulas y sus equivalentes muggles es que, a la hora de buscar la fortuna, las brujas de Beedle son mucho más diligentes que las heroínas de nuestros cuentos de hadas. Asha, Altheda, Amata y Babbitty Rabbitty son brujas que se encargan personalmente de perseguir su destino, en lugar de echarse una larga siesta o esperar a que alguien les devuelva el zapato que han perdido. La excepción a esta regla —la doncella sin nombre de «El corazón peludo del brujo»— observa un comportamiento más parecido al de las princesas de nuestros cuentos infantiles, pero el relato no concluye con ningún «y comieron perdices».

Beedle el Bardo vivió en el siglo XV y gran parte de su vida está rodeada de misterio. Sabemos que

nació en Yorkshire, y el único grabado suyo que se conserva revela que lucía una barba hermosa y abundante. Si sus historias reflejan fielmente sus opiniones, simpatizaba bastante con los muggles, a los que no consideraba malvados sino sólo ignorantes. Desconfiaba de la magia oscura, y creía que los peores excesos de la raza mágica provenían de rasgos tan humanos como la crueldad, la apatía o el uso arrogante de sus habilidades. Los héroes y heroínas que triunfan en sus historias no son los que poseen la magia más poderosa, sino los que demuestran mayor bondad, mayor sentido común y mayor ingenio.

Un mago de nuestro tiempo que tenía unas opiniones muy parecidas a las suyas era, por supuesto, el profesor Albus Percival Wulfric Brian Dumbledore, Orden de Merlín (Primera Clase), director del Colegio Hogwarts de Magia y Hechicería, Jefe Supremo de la Confederación Internacional de Magos y Jefe de Magos del Wizengamot. Pese a esa similitud de puntos de vista, supuso una sorpresa descubrir una serie de notas sobre los *Cuentos de Beedle el Bardo* entre los numerosos papeles que Dumbledo-

re legó en su testamento a los Archivos de Hogwarts. Nunca sabremos si esos comentarios los escribió para su propia satisfacción o con intención de publicarlos; con todo, la profesora Minerva McGonagall, actual directora de Hogwarts, ha tenido la deferencia de permitirnos imprimir las notas del profesor Dumbledore junto a la nueva traducción de los cuentos, obra de Hermione Granger. Esperamos que los comentarios del profesor Dumbledore, que incluyen observaciones sobre la historia del mundo mágico, recuerdos personales e información esclarecedora acerca de los elementos clave de cada historia, contribuyan a que una nueva generación de lectores, tanto magos como muggles, entienda mejor los *Cuentos de Beedle el Bardo*. Todos cuantos lo conocimos personalmente creemos que al profesor Dumbledore le habría encantado prestar su apoyo a este proyecto, dado que todos los *royalties* serán donados a la organización Children's High Level Group, que trabaja en favor de los niños desvalidos.

Permitidme un pequeño comentario adicional sobre las notas del profesor. Según nuestros cálcu-

los, Dumbledore las terminó un año y medio antes de los trágicos sucesos acaecidos en lo alto de la torre de Astronomía de Hogwarts. Quienes estén familiarizados con la historia de la guerra mágica más reciente (entre ellos, los lectores de los siete volúmenes de la vida de Harry Potter) repararán en que el profesor Dumbledore no revela todo cuanto sabe —o sospecha— acerca de la última historia de este libro. La razón de esas omisiones quizá se encuentre en lo que, hace muchos años, le dijo sobre la verdad a su alumno favorito y más famoso:

> *Es una cosa terrible y hermosa, y por lo tanto debe ser tratada con gran cuidado.*

Tanto si estamos de acuerdo con él como si no, quizá podamos disculpar a Dumbledore por querer proteger a los futuros lectores de las tentaciones a que él mismo había sucumbido, y por las que pagó tan alto precio.

J. K. Rowling, 2008

Acerca de las notas a pie de página

Dado que el profesor Dumbledore escribía para un público mágico, he incluido algunas notas aclaratorias pensando en los lectores muggles.

JKR

⚘ EL MAGO Y EL CAZO SALTARÍN ⚘

Había una vez un anciano y bondadoso mago que empleaba la magia con generosidad y sabiduría en beneficio de sus vecinos. Como no quería revelar la verdadera fuente de su poder, fingía que sus pociones, encantamientos y antídotos salían ya preparados del pequeño caldero que él llamaba su «cazo de la suerte». Llegaba gente desde muy lejos para exponerle sus problemas, y el mago nunca tenía inconveniente en remover un poco su cazo y arreglar las cosas.

Ese mago tan querido por todos alcanzó una edad considerable, y al morir le dejó todas sus per-

tenencias a su único hijo. Éste no tenía el mismo carácter que su magnánimo progenitor. En su opinión, quienes no podían emplear la magia eran seres despreciables, y muchas veces había discutido con su padre por la costumbre de éste de proporcionar ayuda mágica a sus vecinos.

Tras la muerte del padre, el hijo encontró un paquetito con su nombre escondido en el viejo cazo. Lo abrió con la esperanza de encontrar oro, pero lo que encontró fue una blanda zapatilla de suela gruesa, demasiado pequeña para él. Dentro de esa única zapatilla había un trozo de pergamino con este mensaje: «Con la sincera esperanza, hijo mío, de que nunca la necesites.»

El hijo maldijo la debilitada mente de su anciano padre. Luego metió la zapatilla en el caldero y decidió que, a partir de ese momento, lo utilizaría como cubo de basura.

Esa misma noche, una campesina llamó a la puerta.

—A mi nieta le han salido unas verrugas, señor —dijo la mujer—. Su padre preparaba una cataplasma especial en ese viejo cazo...

—¡Largo de aquí! —gritó él—. ¡Me importan un rábano las verrugas de tu nieta!

Y le cerró la puerta en las narices.

Al instante se oyeron unos fuertes ruidos metálicos provenientes de la cocina. El mago encendió su varita mágica, se dirigió hacia allí, abrió la puerta y se llevó una gran sorpresa: al viejo cazo de su padre le había salido un solo pie de latón, y daba saltos en medio de la habitación produciendo un ruido espantoso al chocar con las losas del suelo. El mago se le acercó atónito, pero retrocedió precipitadamente al ver que la superficie del cazo se había cubierto de verrugas.

—¡Repugnante cacharro! —gritó, e intentó lanzarle un hechizo desvanecedor; luego trató de limpiarlo mediante magia y, por último, obligarlo a salir de la casa.

Sin embargo, ninguno de sus hechizos funcionó y el mago no pudo impedir que el cazo saliera de la cocina dando saltos tras él, ni que lo siguiera hasta su dormitorio, golpeteando y cencerreando por la escalera de madera.

No consiguió dormir en toda la noche por culpa del ruido que hacía el viejo y verrugoso cazo,

que permaneció junto a su cama. A la mañana siguiente, el cazo se empeñó en saltar tras él hasta la mesa del desayuno. *¡Cataplum, cataplum, cataplum!* No paraba de brincar con su pie de latón, y el mago ni siquiera había empezado a comerse las gachas de avena cuando volvieron a llamar a la puerta.

En el umbral había un anciano.

—Se trata de mi vieja burra, señor —explicó—. Se ha perdido, o me la han robado, y como sin ella no puedo llevar mis mercancías al mercado, esta noche mi familia pasará hambre.

—¡Pues yo tengo hambre ahora! —bramó el mago, y le cerró la puerta en las narices.

¡Cataplum, cataplum, cataplum! El cazo seguía dando saltos con su único pie de latón, pero a los ruidos metálicos se añadieron rebuznos de burro y gemidos humanos de hambre que salían de sus profundidades.

—¡Silencio! ¡Silencio! —chillaba el mago, pero ni con todos sus poderes mágicos consiguió hacer callar al verrugoso cazo, que se pasó todo el día brincando tras él, rebuznando, gimiendo y cencerrean-

do, fuera a donde fuese e hiciera lo que hiciese su dueño.

Esa noche llamaron a la puerta por tercera vez. Era una joven que sollozaba como si fuera a partírsele el corazón.

—Mi hijo está gravemente enfermo —declaró—. ¿Podría usted ayudarnos? Su padre me dijo que viniera si tenía algún problema...

Pero el mago le cerró la puerta en las narices.

Entonces el cazo torturador se llenó hasta el borde de agua salada, y empezó a derramar lágrimas por toda la casa mientras saltaba, rebuznaba, gemía y le salían más verrugas.

Aunque el resto de la semana ningún otro vecino fue a pedir ayuda a la casa del mago, el cazo lo mantuvo informado de las numerosas dolencias de los aldeanos.

Pasados unos días, ya no sólo rebuznaba, gemía, lagrimeaba, saltaba y le salían verrugas, sino que también se atragantaba y tenía arcadas, lloraba como un bebé, aullaba como un perro y vomitaba queso enmohecido, leche agria y una plaga de babosas hambrientas.

El mago no podía dormir ni comer con el cazo a su lado, pero éste se negaba a separarse, y él no podía hacerlo callar ni obligarlo a estarse quieto.

Llegó un momento en que el mago ya no pudo soportarlo más.

—¡Traedme todos vuestros problemas, todas vuestras tribulaciones y todos vuestros males! —gritó, y salió corriendo de la casa en plena noche, con el cazo saltando tras él por el camino que conducía al pueblo—. ¡Venid! ¡Dejad que os cure, os alivie y os consuele! ¡Tengo el cazo de mi padre y solucionaré todos vuestros problemas!

Y así, perseguido por el repugnante cazo, recorrió la calle principal de punta a punta, lanzando hechizos en todas direcciones.

En una casa, las verrugas de la niña desaparecieron mientras ella dormía; la burra, que se había perdido en un lejano brezal, apareció mediante un encantamiento convocador y se posó suavemente en su establo; el bebé enfermo se empapó de díctamo y despertó curado y con buen color. El mago hizo cuanto pudo en cada una de las casas donde alguien padecía alguna dolencia o aflicción; y poco a poco, el cazo, que no se había separado de él ni un solo momento, dejó de gemir y tener arcadas y, limpio y reluciente, se quedó quieto por fin.

—Y ahora qué, Cazo —preguntó el mago, tembloroso, cuando empezaba a despuntar el sol.

El cazo escupió la zapatilla que el mago le había metido dentro y dejó que se la pusiera en el pie de latón. Luego se encaminaron hacia la casa del mago, y el cazo ya no hacía ruido al andar. Pero, a partir de ese día, el mago ayudó a los vecinos como había hecho su padre, por temor a que

el cazo se quitara la zapatilla y empezase a saltar
otra vez.

Notas de Albus Dumbledore sobre «El mago y el cazo saltarín»

Un anciano y bondadoso mago decide darle una lección a su despiadado hijo haciéndole probar las miserias humanas de su vecindario. Al joven mago se le despierta la conciencia y accede a emplear la magia en beneficio de sus vecinos muggles. Una fábula sencilla y reconfortante, o eso podría parecer —en cuyo caso, uno demostraría ser un inocente papanatas—. ¿Una historia pro-muggles en que un padre que respeta a los muggles supera en magia a un hijo que los desprecia? Resulta asombroso que sobreviviera alguna copia de la versión original de este cuento, que no las arrojaran todas a las llamas.

Beedle no sintonizaba mucho con sus contemporáneos al predicar un mensaje de amor fraternal hacia los muggles. A principios del siglo XV, la persecución de magos y brujas se estaba agudizando en toda Europa. Muchos miembros de la comunidad

mágica creían, y no sin motivos, que ofrecerse para lanzar un hechizo al enfermizo cerdo del vecino muggle equivalía a recoger voluntariamente la leña de su propia pira funeraria.[1] «¡Que los muggles se las arreglen sin nosotros!», era el lema de entonces, y los magos fueron distanciándose cada vez más de sus hermanos no mágicos, tendencia que culminó con la creación del Estatuto Internacional del Secreto de los Brujos en 1689, año en que la raza mágica decidió pasar a la clandestinidad.

Pero los niños son niños, y el grotesco cazo saltarín había subyugado su imaginación. La solución consistía en conservar el caldero verrugoso y eliminar el contenido pro-muggles, por lo que hacia me-

---

1. Es cierto, por supuesto, que los magos y las brujas verdaderos eran expertos en huir de la hoguera, del tajo y la horca (véanse mis observaciones sobre Lisette de Lapin en el comentario sobre «Babbitty Rabbitty y su cepa carcajeante»). Aun así, se produjeron algunas muertes: a sir Nicholas de Mimsy-Porpington (un mago que fue miembro de la corte y que, al morir, se convirtió en el fantasma de la Torre de Gryffindor) lo despojaron de su varita antes de encerrarlo en una mazmorra, y ni siquiera mediante magia consiguió evitar su ejecución; muchas familias de magos perdieron a sus miembros más jóvenes, cuya incapacidad de controlar sus poderes mágicos los convertía en presas fáciles para los cazadores de brujas muggles.

diados del siglo XVI circulaba otra versión entre las familias de magos. En la historia revisada, el cazo saltarín protege a un inocente mago de sus vecinos, que lo amenazan provistos de antorchas y horquetas; los persigue, los aleja de la casa del mago, los atrapa y se los traga enteros. Al final de la historia, para cuando el cazo se ha comido a todos sus vecinos, el mago obtiene de los pocos aldeanos supervivientes la promesa de dejarlo en paz para que practique su magia. A cambio, el mago ordena al cazo que entregue a sus víctimas; éste obedece y las regurgita, y los aldeanos salen sólo ligeramente magullados. Incluso hoy en día, a algunos niños magos sus padres (generalmente anti-muggles) sólo les cuentan la versión revisada de la historia; y cuando leen la original, si es que algún día llegan a leerla, se llevan una gran sorpresa.

Pero como ya he insinuado, el sentimiento pro-muggles no era la única razón por la que «El mago y el cazo saltarín» despertaba tanta ira. A medida que las cazas de brujas se iban volviendo más violentas, las familias de magos empezaron a llevar una doble vida y utilizaban encantamientos de

ocultación para protegerse. En el siglo XVII, todo mago o bruja que confraternizara con los muggles se convertía en sospechoso, e incluso en un marginado dentro de su propia comunidad. Entre los muchos insultos que recibían las brujas y los magos pro-muggles (jugosos epítetos como «comefango», «chupaboñigas» y «lamemugre» datan de este período) estaba la acusación de poseer una magia débil o de inferior calidad.

Algunos magos influyentes de la época, como Brutus Malfoy, director de *El Brujo en Guerra*, un periódico anti-muggles, contribuyeron a perpetuar el estereotipo de que quienes respetaban a los muggles eran tan poco mágicos como los squibs.[2] En 1675, Brutus escribió:

Podemos afirmar con certeza que todo mago que simpatice con la sociedad de los muggles tiene una inteligencia pobre y una magia tan débil y lamentable que sólo puede sentirse su-

2. [Un squib es una persona nacida de padres magos pero carente de poderes mágicos. No se dan demasiados casos de squibs; abundan mucho más los magos y las brujas hijos de muggles. JKR]

*perior cuando se encuentra rodeado de por-
queros muggles.*

*No existe una señal más indudable de
magia débil que tener debilidad por los seres
no mágicos y codearse con ellos.*

Ese prejuicio acabó desapareciendo ante la
abrumadora evidencia de que algunos de los magos más destacados del mundo[3] eran pro-muggles.

Hay otra objeción a «El mago y el cazo saltarín» aún vigente en ciertos sectores. Quizá sea Beatrix Bloxam (1794-1910), autora de los infames
Cuentos para leer bajo una seta, quien mejor la haya
resumido. La señora Bloxam creía que los *Cuentos
de Beedle el Bardo* eran perjudiciales para los niños
por lo que ella llamaba «su morboso interés por los
temas más escabrosos, como la muerte, la enfermedad, el crimen, la magia siniestra, los personajes
desagradables y las más repugnantes efusiones y
erupciones corporales». La señora Bloxam tomó
una serie de antiguas historias, entre ellas algunas

3. Como yo.

de Beedle, y las reescribió de acuerdo con sus ideales, los cuales, según su parecer, «llenaban las mentes puras de nuestros angelitos con pensamientos saludables y felices, manteniendo su dulce sueño libre de pesadillas y protegiendo la preciosa flor de su inocencia».

El último párrafo de la pura y preciosa adaptación de «El mago y el cazo saltarín» de la señora Bloxam reza:

> *Entonces el cacito dorado se puso a bailar, feliz —¡yupi, yupi, yupi!—, con sus rosados piececillos. El pequeño Willykins había curado el dolor de tripita a todas las muñequitas, y el cacito estaba tan contento que se llenó de caramelos para el pequeño Willykins y las muñequitas.*
>
> *—¡Pero no olvidéis lavaros los dientecitos! —gritó el cazo.*
>
> *Y el pequeño Willykins cubrió de besos al cazo saltarín y le prometió que siempre ayudaría a las muñequitas y que nunca volvería a ser tan gruñón.*

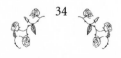

Desde hace varias generaciones, los niños magos siempre reaccionan igual cuando leen el cuento de la señora Bloxam: sufren violentas arcadas y exigen que aparten el libro de ellos y lo hagan papilla.

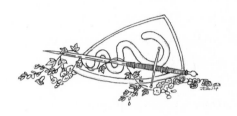

2

LA FUENTE DE
 LA BUENA FORTUNA

En lo alto de una colina que se alzaba en un jardín encantado, rodeado por altos muros y protegido por poderosos hechizos, manaba la fuente de la buena fortuna.

El día más largo del año, durante las horas comprendidas entre el amanecer y el ocaso, se permitía que un solo desdichado intentara llegar hasta la fuente, bañarse en sus aguas y gozar de buena fortuna por siempre jamás.

El día señalado, antes del alba, centenares de personas venidas de todos los rincones del reino se

congregaron ante los muros del jardín. Hombres y mujeres, ricos y pobres, jóvenes y ancianos, con poderes mágicos y sin ellos, se reunieron allí de madrugada, todos confiados en ser el afortunado que lograra entrar en el jardín.

Tres brujas, cada una con su carga de aflicción, se encontraron entre la multitud y se contaron sus penas mientras aguardaban el amanecer.

La primera, que se llamaba Asha, padecía una enfermedad que ningún sanador había logrado curar. Confiaba en que la fuente remediara su dolencia y le concediera una vida larga y feliz.

A la segunda, Altheda, un hechicero perverso le había robado la casa, el oro y la varita mágica. Confiaba en que la fuente reparara su impotencia y su pobreza.

La tercera, Amata, había sido abandonada por un joven del que estaba muy enamorada, y creía que su corazón nunca se repondría. Confiaba en que la fuente aliviara su dolor y su añoranza.

Tras compadecerse unas de otras por sus respectivos padecimientos, las tres mujeres decidieron que, si se presentaba la oportunidad, unirían

sus esfuerzos y tratarían de llegar juntas a la fuente.

Cuando los primeros rayos de sol desgarraron el cielo, se abrió una grieta en el muro. La multitud se abalanzó hacia allí; todos reivindicaban a gritos su derecho a recibir la bendición de la fuente. Unas enredaderas que crecían en el jardín, al otro lado del muro, serpentearon entre la muchedumbre y se enroscaron alrededor de la primera bruja, Asha. Ésta agarró por la muñeca a la segunda bruja, Altheda, quien a su vez se aferró a la túnica de la tercera, Amata.

Y Amata se enganchó en la armadura de un caballero de semblante triste que estaba allí montado en un flaco rocín.

La enredadera tiró de las tres brujas y las hizo pasar por la grieta del muro, y el caballero cayó de su montura y se vio arrastrado también.

Los furiosos gritos de la defraudada muchedumbre inundaron la mañana, pero al cerrarse la grieta todos guardaron silencio.

Asha y Altheda se enfadaron con Amata, porque sin querer había arrastrado a aquel caballero.

—¡En la fuente sólo puede bañarse una persona! ¡Como si no fuera bastante difícil decidir cuál de las tres se bañará! ¡Sólo falta que añadamos uno más!

Sir Desventura, como era conocido el caballero en aquel reino, se percató de que las tres mujeres eran brujas. Por tanto, como él no sabía hacer magia ni tenía ninguna habilidad especial que lo hiciera destacar en las justas o los duelos con espada, ni nada por lo que pudieran distinguirse los hombres no mágicos, se convenció de que no conseguiría llegar antes que ellas a la fuente. Así pues, declaró sus intenciones de retirarse al otro lado del muro.

Al oír eso, Amata también se enfadó.

—¡Hombre de poca fe! —lo reprendió—. ¡Desenvaina tu espada, caballero, y ayúdanos a lograr nuestro objetivo!

Y así fue como las tres brujas y el taciturno caballero empezaron a adentrarse en el jardín encantado, donde, a ambos lados de los soleados senderos, crecían en abundancia extrañas hierbas, frutas y flores. No encontraron ningún obstáculo hasta que

llegaron al pie de la colina en cuya cima se encontraba la fuente.

Pero allí, enroscado alrededor del pie de la colina, había un monstruoso gusano blanco, abotagado y ciego. Al acercarse las brujas y el caballero, el gusano volvió su asquerosa cara hacia ellos y pronunció estas palabras:

Entregadme la prueba de vuestro dolor.

Sir Desventura desenvainó la espada e intentó acabar con la bestia, pero la hoja se partió. Entonces Altheda le tiró piedras al gusano, mientras Asha y Amata le lanzaban todos los hechizos que conocían para inmovilizarlo o dormirlo, pero el poder de sus varitas mágicas no surtía más efecto que las piedras de su amiga o la espada del caballero, y el gusano no los dejaba pasar.

El sol estaba cada vez más alto y Asha, desesperada, rompió a llorar.

Entonces el enorme gusano acercó su cara a la de Asha y se bebió las lágrimas que resbalaban por sus mejillas. Cuando hubo saciado su sed, se apartó

deslizándose suavemente y se escondió en un agujero del suelo.

Las tres brujas y el caballero, alegres porque el gusano había desaparecido, empezaron a escalar la colina, convencidos de que llegarían a la fuente antes del mediodía.

Pero cuando se encontraban hacia la mitad de la empinada ladera, vieron unas palabras escritas en el suelo:

Entregadme el fruto de vuestros esfuerzos.

Sir Desventura sacó la única moneda que tenía y la puso sobre la ladera, cubierta de hierba; pero la moneda echó a rodar y se perdió. Los cuatro siguieron ascendiendo, pero, aunque caminaron varias horas, no avanzaban ni un solo metro: la cumbre no estaba más cerca y seguían teniendo delante aquella inscripción en el suelo.

Estaban muy desanimados, porque el sol ya había pasado por encima de sus cabezas y empezaba a descender hacia el lejano horizonte. No obstante, Altheda andaba más deprisa y con paso más decidi-

do que los demás, y los instó a que siguieran su ejemplo, aunque no parecía que con ello fueran a alcanzar la cumbre de la colina encantada.

—¡Ánimo, amigos! ¡No os rindáis! —los exhortó secándose el sudor de la frente.

Cuando las relucientes gotas de sudor cayeron al suelo, la inscripción que les cerraba el paso se esfumó y comprobaron que ya podían continuar subiendo.

Alentados por la superación de ese segundo obstáculo, siguieron hacia la cima tan deprisa como les era posible, hasta que por fin vislumbraron la fuente, que destellaba como un cristal en medio de una enramada de árboles y flores.

Sin embargo, antes de llegar encontraron un arroyo que discurría alrededor de la cumbre cerrándoles el paso. En el fondo del arroyo, de aguas transparentes, había una piedra lisa con esta inscripción:

Entregadme el tesoro de vuestro pasado.

Sir Desventura intentó cruzar el arroyo tumbado sobre su escudo, pero éste se hundió. Las tres

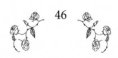

brujas lo ayudaron a salir del agua y luego intentaron saltar a la otra orilla, pero el arroyo no se dejaba cruzar, y mientras tanto el sol seguía descendiendo más y más.

Así que se pusieron a reflexionar sobre el significado del mensaje escrito en la piedra, y Amata fue la primera en entenderlo. Agarró su varita, extrajo de su mente todos los recuerdos de momentos felices compartidos con el joven del que estaba enamorada y que la había abandonado, y los vertió en el agua. La corriente se llevó sus recuerdos y en el arroyo aparecieron unas piedras que formaban un sendero. De ese modo, las tres brujas y el caballero pudieron cruzar por fin al otro lado y alcanzar la cima de la colina.

La fuente brillaba ante ellos, entre hierbas y flores de una belleza y una rareza extraordinarias. El cielo se había teñido de rojo rubí. Había llegado el momento de decidir quién de ellos se bañaría en la fuente.

Pero, antes de que tomaran esa decisión, la frágil Asha cayó al suelo. Extenuada por la agotadora escalada, estaba a punto de morir.

Sus tres amigos la habrían conducido hasta la fuente, pero Asha, agonizante, les suplicó que no la tocaran.

Entonces Altheda se apresuró a recoger todas las hierbas que le parecieron útiles, las mezcló en la calabaza donde sir Desventura llevaba el agua y le dio a beber la poción a Asha.

Entonces Asha se incorporó y al cabo de un instante ya se tenía en pie. Más aún, todos los síntomas de su terrible enfermedad habían desaparecido.

—¡Estoy curada! —exclamó—. ¡Ya no necesito bañarme en la fuente! ¡Que se bañe Altheda!

Pero ésta se encontraba muy entretenida recogiendo más hierbas en su delantal.

—¡Si puedo curar esa enfermedad, ganaré muchísimo oro! —exclamó—. ¡Que se bañe Amata!

Sir Desventura hizo una reverencia invitando a Amata a acercarse a la fuente, pero ella negó con la cabeza. El arroyo había hecho desaparecer toda la añoranza que sentía por su amado, y de pronto comprendió que aquel joven había sido cruel y desleal y que en realidad debía alegrarse de haberse librado de él.

—Buen señor, sois vos quien debe bañarse, como recompensa por vuestra caballerosidad —dijo entonces.

Haciendo sonar su armadura, el caballero avanzó bajo los últimos rayos del sol poniente y se bañó en la fuente de la buena fortuna, asombrado de ser el elegido entre centenares de personas y sin dar crédito a su gran suerte.

Cuando el sol se ocultaba tras el horizonte, sir Desventura emergió de las aguas luciendo todo el esplendor de su triunfo y se arrojó con su herrumbrosa armadura a los pies de Amata, que era la mujer más buena y más hermosa que jamás había conocido. Exaltado por el éxito, le suplicó que le entregara su corazón, y Amata, tan embelesada como él, comprendió que por fin había encontrado a un hombre digno de ella.

Las tres brujas y el caballero bajaron juntos de la colina, agarrados del brazo, y los cuatro tuvieron una vida larga y feliz, y ninguno de ellos supo ni sospechó jamás que en las aguas de aquella fuente no había ningún sortilegio.

Notas de Albus Dumbledore sobre «La fuente de la buena fortuna»

«La fuente de la buena fortuna» es uno de los relatos preferidos de todos los tiempos, a tal punto que fue objeto del único intento de incluir una comedia musical en las celebraciones navideñas de Hogwarts.

Nuestro entonces maestro de Herbología, el profesor Herbert Beery,[1] gran aficionado al teatro amateur, propuso deleitar a profesores y alumnos con una adaptación navideña de este cuento infantil tan entrañable. En aquella época yo era un joven maestro de Transformaciones, y Herbert me encargó los «efectos especiales», que incluían una fuente de la buena fortuna de la que manaría agua de ver-

---

1. El profesor Beery se marchó de Hogwarts para enseñar en la AMAD (Academia Mágica de Arte Dramático), donde, como me confesó una vez, siempre se mostró reacio a montar representaciones de esa historia en particular, pues estaba convencido de que traía mala suerte.

dad y una herbosa colina en miniatura por la que parecería que caminaran nuestros cuatro héroes, y que iría hundiéndose lentamente en el escenario hasta perderse de vista.

Creo poder afirmar, sin pecar de vanidoso, que tanto mi fuente como mi colina desempeñaron dignamente el papel asignado. Es una lástima que no se pudiera decir lo mismo del resto del elenco. Dejando aparte, de momento, las trastadas del gigantesco «gusano» que nos proporcionó el profesor Silvanus Kettleburn, maestro de Cuidado de Criaturas Mágicas, el elemento humano resultó desastroso para la obra. El profesor Beery, que dirigía la función, había cometido el error de ignorar los enredos emocionales que se desarrollaban ante sus propias narices. No sabía que los alumnos que interpretaban a Amata y el caballero habían sido novios hasta una hora antes de alzarse el telón, momento en el cual «sir Desventura» decidió declararle su afecto a «Asha».

Basta con decir que nuestros buscadores de buena fortuna nunca alcanzaron la cumbre de la colina. Nada más alzarse el telón, el «gusano» del

profesor Kettleburn —que resultó ser una ashwin-
der[2] a la que habían hecho un encantamiento au-
mentador— explotó con una lluvia de chispas y
polvo y llenó el Gran Comedor de humo y frag-
mentos del escenario. Mientras los enormes y
abrasadores huevos que la ashwinder había puesto
al pie de mi colina prendían fuego a las tablas del
suelo, «Amata» y «Asha» se volvieron una contra la
otra y empezaron a batirse en duelo, con tal fiereza
que el profesor Beery quedó atrapado en el fuego cruzado, y los maestros tuvieron que evacuar
el Gran Comedor, pues el incendio declarado en el
escenario amenazaba con extenderse y envolverlo
todo en llamas. El espectáculo de esa noche terminó con una enfermería atestada de gente. Pasaron
meses hasta que el Gran Comedor dejó de oler a
humo, pero la cabeza del profesor Beery tardó aún
más en recuperar sus proporciones normales, y al
profesor Kettleburn lo relevaron del período de

2. Véase *Animales fantásticos y dónde encontrarlos*, donde aparece una
excelente descripción de estas extrañas criaturas. Nunca se las debe
meter en una habitación con paredes revestidas de madera, ni hacer-
les encantamientos aumentadores.

prueba.[3] El director Armando Dippet prohibió cualquier tipo de comedia musical navideña, y hasta hoy Hogwarts siempre ha mantenido esa prohibición, que se ha convertido en toda una tradición.

Pese a nuestro fracaso teatral, probablemente «La fuente de la buena fortuna» sea el cuento de Beedle más famoso, si bien tiene sus detractores, al igual que «El mago y el cazo saltarín». Más de un padre ha exigido que se retire ese cuento en particular de la biblioteca de Hogwarts, entre ellos —¡qué coincidencia!— un descendiente de Brutus Malfoy y en su día miembro del Consejo Escolar de Hogwarts, el señor Lucius Malfoy. Éste me propuso la proscripción de la historia en una misiva que rezaba:

3. El profesor Kettleburn soportó nada menos que sesenta y dos períodos de prueba durante el tiempo que ocupó el puesto de maestro de Cuidado de Criaturas Mágicas. Sus relaciones con mi predecesor en Hogwarts, el profesor Dippet, siempre fueron tensas, pues Dippet lo consideraba un tanto imprudente. Para cuando ocupé el cargo de director, sin embargo, el profesor Kettleburn se había moderado notablemente, aunque había quienes sostenían la cínica opinión de que, como ya sólo le quedaba la mitad de las extremidades, no tenía más remedio que tomarse la vida con más calma.

Toda obra de ficción o de no-ficción que mencione el cruce entre magos y muggles debería ser retirada de las estanterías de Hogwarts. No quiero que mi hijo reciba influencias que puedan llevarlo a mancillar la pureza de su linaje, y por ese motivo impediré que lea historias que fomenten los matrimonios entre magos y muggles.

Mi negativa a retirar el libro de la biblioteca fue respaldada por la mayoría del Consejo Escolar. Escribí al señor Malfoy explicándole los motivos de mi decisión:

Las llamadas familias «de sangre limpia» mantienen su presunta pureza repudiando, desterrando o mintiendo acerca de los muggles y los hijos de muggles que aparecen en sus árboles genealógicos. Y después pretenden endilgarnos su hipocresía a los demás, pidiéndonos que proscribamos obras que tratan de las verdades que ellos niegan. No existen un solo mago ni una sola bruja cuya sangre no esté

mezclada con la de los muggles, y por tanto considero ilógico e inmoral retirar del acervo de conocimiento de nuestros alumnos obras que versan sobre ese asunto.[4]

Este intercambio marcó el inicio de la larga campaña del señor Malfoy para que me apartaran del cargo de director de Hogwarts, y el de la mía para apartarlo a él de su posición de Mortífago Favorito de lord Voldemort.

4. Mi respuesta dio lugar a varias cartas más del señor Malfoy, pero dado que consistían básicamente en comentarios ignominiosos acerca de mi cordura, mis orígenes y mi higiene, considero que no guardan más que una remota relación con este comentario.

3

🌿 El Corazón Peludo del Brujo 🌿

Érase una vez un joven brujo atractivo, rico y con talento que observó cómo sus amigos se comportaban como idiotas cuando se enamoraban: retozaban como críos, se acicalaban y perdían el apetito y la dignidad. Así pues, decidió no caer nunca en esa debilidad y empleó las artes oscuras para evitarlo.

La familia del brujo, que ignoraba su secreto, se sonreía al verlo tan frío y distante.

—Todo cambiará el día que quede prendado de una doncella —profetizaban.

Pero el joven brujo no quedaba prendado de nadie. Pese a que más de una doncella sentía intriga por su altivo semblante y utilizaba sus encantos más sutiles para complacerlo, ninguna consiguió cautivar su corazón. El brujo se vanagloriaba de su propia indiferencia y de la sagacidad que la había producido.

Transcurridos los primeros años de la juventud, los amigos del brujo empezaron a casarse y, más adelante, a tener hijos.

«Sus corazones deben de estar resecos como cáscaras por culpa de los lloriqueos de esos críos», se burlaba el brujo para sus adentros mientras observaba las payasadas de aquellos jóvenes padres.

Y, una vez más, se felicitaba por la sabia decisión que tomara en su día.

A su debido tiempo, los ancianos padres del brujo fallecieron. Pero éste no lloró su muerte; al contrario, se alegró de ella, porque ahora reinaría solo en el castillo. Había guardado su mayor tesoro en la mazmorra más recóndita, y así pudo entregarse a una vida de lujo y desahogo, en la que su como-

didad era el único objetivo de los numerosos sirvientes que lo rodeaban.

El brujo estaba seguro de que provocaba una inmensa envidia a todos cuantos contemplaban su espléndida y apacible soledad; por eso sintió una ira y un disgusto tremendos cuando, un día, oyó a dos de sus lacayos hablando de su amo.

El primer criado expresó la pena que sentía por él, pues pese a toda su riqueza y poder seguía sin tener a nadie que lo amara.

Pero su compañero, riendo con burla, le preguntó por qué creía que un hombre con tanto oro y dueño de tan grandioso castillo no había conseguido una esposa.

Esas palabras asestaron un duro golpe al orgullo del brujo.

Así pues, decidió esposarse de inmediato con una mujer que fuera superior a todas las demás. Tenía que poseer una belleza deslumbrante, para despertar la envidia y el deseo de todo hombre que la contemplara; descender de un linaje mágico, para que sus hijos heredaran dones extraordinarios; y poseer una riqueza como mínimo equiparable a la

suya, para así continuar con su cómoda existencia pese al aumento de los gastos domésticos.

El brujo podría haber tardado cincuenta años en encontrar a una mujer así, pero resultó que el día después de tomar la decisión de buscarla, una doncella que cumplía todos los requisitos llegó a la región para visitar a unos parientes.

Era una bruja de una habilidad prodigiosa y poseía una gran fortuna en oro. Su belleza era tal que cautivaba el corazón de todos los hombres que la miraban; es decir, de todos los hombres excepto uno: el corazón del brujo no sentía absolutamente nada. Aun así, ella era el premio que él buscaba, de modo que empezó a cortejarla.

Quienes se percataron de su cambio de actitud se asombraron, y le dijeron a la doncella que había logrado aquello en lo que centenares de mujeres habían fracasado.

La joven también se sentía fascinada y, al mismo tiempo, repelida por las atenciones que le dedicaba el brujo. Jamás había conocido a un hombre tan raro y distante, y percibía la frialdad que yacía bajo la ternura de sus lisonjas. Sin embargo, sus parientes

opinaban que esa unión era muy conveniente y, deseosos de fomentarla, aceptaron la invitación del brujo al gran banquete que organizó en honor de la doncella.

La mesa, repleta de plata y oro, fue servida con los mejores vinos y los manjares más deliciosos. Unos trovadores tocaban laúdes con cordaje de seda y cantaban canciones sobre un amor que su amo nunca había sentido. La doncella estaba sentada en un trono junto al brujo, quien, en voz baja, le dedicaba tiernas palabras que había escamoteado a los poetas sin tener la menor idea de su verdadero significado.

La doncella escuchaba desconcertada, y al final replicó:

—Hablas muy bien, Brujo, y me encantarían tus halagos si pensara que tienes corazón.

El anfitrión sonrió y le aseguró que no debía preocuparse por eso. Le pidió que lo acompañara. Ambos salieron del salón donde se celebraba el banquete y él la condujo hasta la mazmorra donde guardaba su mayor tesoro.

Allí, en un cofre encantado de cristal, reposaba el corazón del brujo. Como llevaba mucho tiempo

desconectado de los ojos, los oídos y los dedos, nunca lo había
estremecido la belleza, una voz
cantarina o el tacto de una piel
tersa. Al verlo, la doncella se
horrorizó, pues el corazón estaba marchito y cubierto de largo
pelo negro.

—Pero ¿qué has hecho? —se la-
mentó—. ¡Devuélvelo a su sitio, te lo su-
plico!

El brujo comprendió que debía complacer a la
joven. Así que sacó su varita mágica, abrió el cofre
de cristal, se hizo un tajo en el pecho y devolvió el
peludo corazón a la vacía cavidad original.

—¡Ya estás curado y ahora conocerás el amor
verdadero! —exclamó la doncella, radiante, y lo
abrazó.

La caricia de sus suaves y blancos brazos, el su-
surro de su aliento y la fragancia de su espesa cabelle-
ra rubia traspasaron como lanzas el corazón recién
despertado del brujo. Pero en la oscuridad del largo
exilio a que lo habían condenado se había vuelto ex-

traño, ciego y salvaje, y le surgieron unos apetitos poderosos y perversos.

Los invitados al banquete se habían percatado de la ausencia de su anfitrión y la doncella. Al principio no se preocuparon, pero al pasar las horas empezaron a inquietarse, y al final decidieron ir en su busca.

Recorrieron todo el castillo y encontraron la mazmorra, donde los aguardaba una escena espantosa.

La doncella yacía muerta en el suelo, con el pecho abierto; agachado a su lado estaba el brujo, desquiciado y sosteniendo en una mano un gran corazón rojo, reluciente, liso y ensangrentado. Lamía y acariciaba ese corazón mientras juraba que lo cambiaría por el suyo.

En la otra mano sostenía su varita mágica, con la que intentaba extraerse el corazón marchito y peludo. Pero el corazón peludo era más fuerte que el brujo, y se negaba a desconectarse de sus sentidos y volver al cofre donde había pasado tanto tiempo encerrado.

Ante las horrorizadas miradas de sus invitados, el brujo dejó la varita y asió una daga de plata. Y tras

jurar que nunca se dejaría gobernar por su corazón, se lo sacó del pecho a cuchilladas.

Entonces se quedó un momento arrodillado, triunfante, con un corazón en cada mano, y a continuación se desplomó sobre el cadáver de la doncella y murió.

Notas de Albus Dumbledore sobre «El corazón peludo del brujo»

Como ya hemos visto, los dos primeros cuentos de Beedle recibieron críticas por tratar de la generosidad, la tolerancia y el amor. En cambio, «El corazón peludo del brujo» no parece haber sido modificado ni objeto de muchas críticas desde su primera publicación, hace centenares de años; la historia que yo leí en las runas originales era casi exacta a la que me había contado mi madre. Dicho esto, «El corazón peludo del brujo» es, con diferencia, el relato más truculento de Beedle, y muchos padres no lo comparten con sus hijos hasta que creen que éstos son lo bastante mayores para no tener pesadillas.[1]

1. Según consta en su propio diario, Beatrix Bloxam nunca se recuperó del trauma que sufrió tras oír a su tía contarles esta historia a sus primos, mayores que ella. «Por accidente, podríamos decir, mi orejita se pegó al ojo de la cerradura. Imagino que debí de quedarme paralizada de horror, pues sin querer oí toda la repugnante historia, por no mencionar los espantosos detalles de un horrendo y sucio asunto de

¿A qué se debe, pues, que este espeluznante cuento se haya conservado? Podríamos argumentar que ha sobrevivido intacto a lo largo de los siglos porque habla de lo más oscuro que todos albergamos en lo más profundo de nuestro ser. Trata de una de las mayores y menos reconocidas tentaciones de la magia: la búsqueda de la invulnerabilidad.

Esa búsqueda no es más que una absurda fantasía, desde luego. Jamás ha existido hombre o mujer, mágico o no, que nunca haya sufrido ninguna clase de herida, ya sea física, mental o emocional. Sufrir es tan humano como respirar. Sin embargo, los magos parecemos especialmente propensos a creer que podemos modelar la existencia a nuestro antojo. El jo-

---

mi tío Nobby, la arpía del pueblo y un saco de bulbos botadores. Casi me muero de la impresión; pasé una semana en cama, y quedé tan profundamente traumatizada que, sonámbula, regresaba todas las noches a aquella cerradura. Mi querido padre, pensando únicamente en lo que era mejor para mí, tenía que hacerle un encantamiento sellador a la puerta de mi cuarto a la hora de acostarme.» Por lo visto, Beatrix no consideraba que «El corazón peludo del brujo» fuera adecuado para los sensibles oídos de los niños, porque no lo reescribió para incluirlo en sus *Cuentos para leer bajo una seta.*

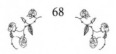

ven brujo[2] de esta historia, por ejemplo, decide que enamorarse perjudicaría su comodidad y su seguridad. Concibe el amor como una humillación, una debilidad, un despilfarro de los recursos emocionales y materiales de la persona.

El arraigado comercio de filtros de amor demuestra que nuestro mago de ficción no es el único que pretende controlar el impredecible curso del amor. La búsqueda de una poción de amor verdadero[3] continúa hoy en día, pero nadie ha conseguido todavía elaborar semejante elixir, y los fabricantes

---

2. [El término «brujo» es muy antiguo. Aunque suele emplearse como sinónimo de «mago», originariamente designaba a los expertos en duelos y otras disciplinas marciales mágicas. También lo recibían como título los magos que hubieran protagonizado alguna hazaña; en ese sentido, equivaldría al título de «sir» que a veces reciben los muggles por sus actos de valor. Al llamar «brujo» al joven mago de esta historia, Beedle indica que ya se le había reconocido una habilidad especial en magia ofensiva. En la actualidad, los magos emplean el término «brujo» con uno de estos dos significados: para describir a un mago de aspecto exageradamente feroz, o como título que denota un talento y una destreza excepcionales. JKR]

3. Héctor Dagworth-Granger, fundador de la Rimbombante Sociedad de Amigos de las Pociones, explica: «Un experto fabricante de pociones puede generar un poderoso enamoramiento, pero nadie ha conseguido todavía crear el único sentimiento verdaderamente indestructible, eterno e incondicional que merece ser llamado amor.»

de pociones más reconocidos dudan que tal cosa sea posible.

Sin embargo, al héroe de este cuento ni siquiera le interesa un simulacro de amor que él pueda crear o destruir a su antojo. Quiere permanecer siempre inmune a lo que considera una especie de enfermedad, y por eso realiza una magia oscura que resultaría imposible fuera de un libro de cuentos: encierra su propio corazón bajo llave.

Muchos autores han señalado la semejanza de este acto con la creación de un Horrocrux. Pese a que el héroe de Beedle no pretende evitar la muerte, es obvio que lo que hace es dividir algo que no debe dividirse —en este caso, el cuerpo y el corazón, en lugar del alma—, y al hacerlo infringe la primera de las Leyes Fundamentales de la Magia de Adalbert Waffling:

> *Sólo debe tantear los más profundos misterios —el origen de la vida, la esencia del yo— quien esté preparado para las consecuencias más extremas y peligrosas.*

Y en efecto, al intentar convertirse en sobrehumano, ese joven insensato se convierte en inhumano. El corazón que ha encerrado se marchita lentamente y le crece pelo, lo que simboliza su propio descenso a la animalidad. Al final queda reducido a una bestia violenta que obtiene lo que quiere por la fuerza, y muere en un vano intento de recuperar lo que ya está fuera de su alcance para siempre: un corazón humano.

Aunque un tanto anticuada, la expresión «tener el corazón peludo» se ha conservado en el lenguaje coloquial mágico para describir a un mago o una bruja frío e insensible. Mi tía soltera, Honoria, siempre alegaba que había anulado su compromiso con un mago de la Oficina Contra el Uso Indebido de la Magia porque descubrió a tiempo que «tenía el corazón peludo». (Sin embargo, se rumoreaba que había descubierto al mago acariciando unos horklumps,[4] lo que le pareció horrible e

---

4. Los horklumps son unas criaturas de color rosa, pinchudas y con forma de seta. Resulta muy difícil imaginar por qué se le ocurriría a alguien acariciarlos. Para más información, véase *Animales fantásticos y dónde encontrarlos*.

intolerable.) Más recientemente, el libro de autoayuda *El corazón peludo: guía para los magos incapaces de comprometerse*[5] se ha situado en los primeros puestos de las listas de *bestsellers*.

5. No hay que confundir esta obra con *Hocico peludo, corazón humano*, un conmovedor relato de la lucha de un hombre contra la licantropía.

4

Babbitty Rabbitty
y su Cepa Carcajeante

Hace mucho tiempo, en una región muy lejana vivía un rey idiota que decidió que sólo él debía ejercer el poder de la magia.

Así pues, ordenó al comandante de su ejército que formara una Brigada de Cazadores de Brujas y le proporcionó una jauría de feroces sabuesos negros. Al mismo tiempo, hizo leer esta proclama en todos los pueblos y ciudades de su reino: «El rey busca un instructor de magia.»

No hubo ningún mago ni ninguna bruja que osara ofrecerse voluntario para ocupar ese puesto,

porque todos se habían escondido para evitar ser capturados por la Brigada de Cazadores de Brujas.

Pero un astuto charlatán sin poderes mágicos vio una oportunidad para enriquecerse; se presentó en el palacio y declaró ser un mago de portentosa habilidad. Para demostrarlo, realizó unos sencillos trucos con los que convenció al rey idiota de sus poderes mágicos. De inmediato fue nombrado Hechicero Mayor y Profesor Particular de Magia del Rey.

Entonces el charlatán pidió al rey que le diera un gran saco lleno de oro para comprar varitas y otros artículos mágicos indispensables. También le pidió unos rubíes, grandes a ser posible, que utilizaría para realizar encantamientos curativos, y un par de cálices de plata donde guardar y madurar sus pociones. El rey idiota se lo proporcionó todo.

El charlatán escondió el tesoro en su casa y regresó al palacio.

No sabía que una anciana que vivía en una casucha aledaña a los jardines reales estaba observándolo. Se llamaba Babbitty, y era la lavandera encargada de que la ropa de cama del palacio estuviera

 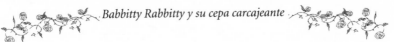
siempre suave, blanca y perfumada. Asomándose por detrás de unas sábanas tendidas, Babbitty vio cómo el charlatán partía dos ramitas de un árbol antes de entrar en el palacio.

El charlatán entregó una de las ramitas al rey y le aseguró que era una varita mágica de formidable poder.

—Pero sólo funcionará cuando seáis digno de ella —añadió.

Todas las mañanas, el charlatán y el rey idiota salían a los jardines del palacio, donde agitaban sus varitas y gritaban tonterías al cielo. El charlatán realizó unos trucos más, para que el monarca siguiera convencido de la gran destreza de su Hechicero Mayor y del poder de aquellas varitas que tanto oro le habían costado.

Una mañana, mientras ambos agitaban las ramitas, brincaban describiendo círculos y gritaban versos sin sentido, llegaron a oídos del rey unas fuertes risotadas. Babbitty, la lavandera, estaba observándolos desde la ventana de su casucha, y reía tan fuerte que no tardó en desaparecer de la vista, porque las piernas no la sostenían.

—¡Debo de ofrecer un aspecto ridículo para que una vieja lavandera ría de esa forma! —dijo el rey. Dejó de dar brincos y agitar la varita y frunció el entrecejo—. ¡Estoy cansado de tanto practicar! ¿Cuándo podré realizar hechizos ante mis súbditos, Hechicero Mayor?

El charlatán trató de tranquilizar a su pupilo asegurándole que pronto podría exhibir un sinfín de asombrosos encantamientos, pero no comprendió que las risotadas de Babbitty habían herido al rey en lo más profundo.

—¡Mañana invitaremos a nuestra corte a ver cómo su rey realiza magia! —dispuso el monarca.

El charlatán comprendió que había llegado el momento de recoger su tesoro y marcharse lejos de allí.

—¡Ay, majestad! ¡Eso es imposible! ¡Había olvidado deciros que mañana debo emprender un largo viaje!

—¡Si abandonas este palacio sin mi permiso, Hechicero Mayor, mi Brigada de Cazadores de Brujas te perseguirá con sus sabuesos! ¡Mañana por la mañana me ayudarás a realizar magia ante mis cor-

tesanos, y si alguien se ríe de mí, ordenaré que te corten la cabeza!

Y, furioso, el rey se dirigió al castillo. El charlatán se quedó solo y asustado. Su astucia ya no lograría salvarlo, porque no podía huir, y aun menos ayudar al rey a hacer una magia que ninguno de los dos tenía capacidad de realizar.

Con intención de desahogar su temor y su ira, el charlatán se acercó a la ventana de Babbitty, la lavandera. Se asomó al interior y vio a la anciana sentada a la mesa, sacándole brillo a una varita mágica. Detrás de ella, en un rincón, las sábanas del rey se lavaban solas en una tina de madera.

El charlatán se percató de inmediato de que Babbitty era una bruja auténtica, y de que ella, que era la causante de su grave problema, también podría solucionarlo.

—¡Bruja miserable! —bramó—. ¡Tus carcajadas me van a costar muy caras! ¡Si no me ayudas, te denunciaré por bruja y será a ti a quien despedacen los sabuesos del rey!

La anciana Babbitty sonrió y le aseguró que haría cuanto pudiera para ayudarlo.

El charlatán le ordenó que se escondiera en un arbusto mientras el rey hacía su exhibición de magia, y que realizara los hechizos en su lugar sin que él se enterara. Babbitty accedió a cumplir esa petición, pero le hizo una pregunta:

—¿Qué pasará, señor, si el rey intenta realizar un hechizo que Babbitty no pueda ejecutar?

El charlatán rió con burla y respondió:

—Es imposible que la imaginación de ese idiota supere tu magia —la tranquilizó, y se retiró al castillo, satisfecho de su agudo ingenio.

A la mañana siguiente, todos los cortesanos y cortesanas del reino se congregaron en los jardines del palacio. El rey subió con el charlatán a una tarima que habían instalado allí para la ocasión.

—¡Primero haré desaparecer el sombrero de esa dama! —exclamó el monarca, y apuntó con su ramita a una cortesana.

Desde un arbusto cercano, Babbitty apuntó con su varita mágica al sombrero y lo hizo desaparecer. El público quedó sumamente asombrado y admirado, y aplaudió con entusiasmo al jubiloso rey.

—¡Y ahora haré que mi caballo vuele! —gritó éste, y apuntó a su corcel con la ramita.

Desde el arbusto, Babbitty apuntó con su varita al caballo, que se elevó por los aires.

El público, entusiasmado y maravillado con las habilidades mágicas de su rey, profirió exclamaciones de admiración.

—Y ahora... —anunció el rey mirando alrededor en busca de algo.

Entonces el capitán de su Brigada de Cazadores de Brujas se acercó a él.

—¡Majestad —dijo—, esta misma mañana *Sabre* ha muerto tras comerse una seta venenosa! ¡Devolvedle la vida, majestad, con vuestra varita mágica!

Y a continuación, el capitán subió a la tarima el cuerpo sin vida del mayor sabueso cazabrujas.

El rey idiota enarboló su ramita y apuntó al perro muerto. Pero en el arbusto, Babbitty sonrió y no se molestó en levantar su varita, porque no existe magia capaz de resucitar a los muertos.

Al ver que el perro no se movía, el público empezó a susurrar, y luego a reír. Todos sospecharon

que las dos primeras hazañas del rey no habían sido más que trucos.

—¿Por qué no funciona? —le gritó el rey al charlatán, y éste tuvo que recurrir a la única artimaña que le quedaba.

—¡Allí, majestad, allí! —gritó señalando el arbusto donde estaba escondida Babbitty—. ¡La veo perfectamente! ¡Una bruja perversa está bloqueando vuestra magia con sus propios hechizos! ¡Apresadla! ¡Que no escape!

Babbitty salió corriendo del arbusto y la Brigada de Cazadores de Brujas fue en su persecución, soltando a sus sabuesos, que ladraban enloquecidos. Pero la bruja se esfumó tras un seto, y cuando el rey, el charlatán y los cortesanos llegaron al otro lado del seto, encontraron a la jauría de sabuesos ladrando y escarbando alrededor de un árbol viejo y retorcido.

—¡Se ha convertido en árbol! —gritó el charlatán, y temiendo que Babbitty recobrara su forma humana y lo delatara, añadió—: ¡Cortadlo, majestad, eso es lo que hay que hacer con las brujas perversas!

Llevaron sin tardanza un hacha y cortaron el viejo árbol en medio de las ovaciones de los cortesanos y el charlatán.

Sin embargo, cuando se disponían a volver al palacio, oyeron unas fuertes carcajadas. Se pararon y se dieron la vuelta.

—¡Necios! —gritó la voz de Babbitty, que salía de la cepa que habían dejado atrás—. ¡A un mago no se lo puede matar cortándolo por la mitad! ¡Si no me creéis, agarrad ese hacha y cortad en dos al Hechicero Mayor!

El capitán de los Cazadores de Brujas se dispuso a realizar el experimento sin más, pero en cuanto

 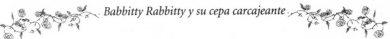

alzó el hacha, el charlatán cayó de rodillas pidiendo clemencia y confesó toda su perfidia. Se lo llevaron a rastras a las mazmorras, y la cepa rió aún más fuerte que antes.

—¡Al partir a una bruja por la mitad, habéis hecho caer una terrible maldición sobre vuestro reino! —le dijo la cepa al petrificado rey—. ¡A partir de ahora, cada vez que inflijáis un castigo o le causéis una penalidad a un mago o una bruja, notaréis como si os asestaran un hachazo en el costado, y sentiréis un dolor tan terrible que sólo desearéis morir!

Al oír eso, el rey se arrodilló también, y le dijo a la cepa que emitiría de inmediato una proclama para proteger a todos los magos y brujas del reino, de modo que pudieran practicar su magia en paz.

—Eso está muy bien —repuso la cepa—, pero todavía no habéis reparado el daño que le habéis causado a Babbitty.

—¡Pídeme lo que quieras! ¡Haré cualquier cosa! —gritó el rey idiota retorciéndose las manos ante la cepa.

—Levantaréis una estatua de Babbitty y la pondréis encima de mí, en memoria de vuestra pobre lavandera y para que siempre recordéis vuestra estupidez —dijo la cepa.

El rey accedió sin vacilar, y prometió contratar al escultor más importante del reino para que erigiera una estatua de oro macizo. A continuación, el avergonzado rey y todos los cortesanos volvieron al palacio, y dejaron a la cepa riendo a carcajadas.

Cuando los jardines quedaron desiertos, de un agujero que había entre las raíces de la cepa salió un robusto y bigotudo conejo con una varita mágica entre los dientes. Babbitty abandonó los jardines dando brincos y se marchó muy lejos; y allí, sobre la cepa, fue colocada una estatua de oro de una lavandera, y en ese reino nunca volvieron a perseguir a ningún mago ni a ninguna bruja.

Notas de Albus Dumbledore sobre «Babbitty Rabbitty y su cepa carcajeante»

La historia de «Babbitty Rabbitty y su cepa carcajeante» es, en muchos aspectos, el más «verídico» de los cuentos de Beedle, porque la magia descrita en ella se ajusta casi por completo a las leyes mágicas conocidas.

Gracias a esta historia, muchos de nosotros descubrimos que la magia no podía revivir a los muertos. Eso nos produjo un gran disgusto y una gran conmoción, pues de pequeños estábamos convencidos de que nuestros padres podrían resucitar a nuestras ratas y nuestros gatos muertos con una sacudida de sus varitas. Pese a que han transcurrido seis siglos desde que Beedle escribiera este cuento, y aunque hemos ideado innumerables maneras de mantener la ilusión de la permanencia de

nuestros seres queridos,[1] los magos todavía no han encontrado la forma de volver a unir el cuerpo y el alma después de la muerte. Como escribe el eminente filósofo mágico Bertrand de Pensées-Profondes en su famosa obra *Análisis de la posibilidad de invertir los efectos físicos y metafísicos de la muerte natural, con especial atención a la reintegración de la esencia y la materia*: «Olvidémoslo. Nunca lo conseguiremos.»

En el cuento de Babbitty Rabbitty, sin embargo, encontramos una de las más tempranas referencias literarias a un animago, ya que Babbitty posee la inusual habilidad mágica de transformarse en animal a su antojo.

Los animagos constituyen una pequeña parte de la población mágica. Conseguir una transformación perfecta y espontánea de humano a animal requiere mucho estudio y mucha paciencia, y la mayoría de

1. [En las fotografías y los retratos mágicos, las imágenes se mueven y los sujetos hablan como si tuvieran vida. Otros objetos más raros, como el Espejo de Oesed, también pueden mostrar algo más que una imagen estática de un ser querido. Los fantasmas son versiones transparentes de magos y brujas que han decidido, por la razón que sea, permanecer en la tierra, y también se mueven, hablan y piensan. JKR]

los magos y brujas considera que hay cosas mejores en que emplear el tiempo. Por supuesto que la aplicación de ese talento está limitada a circunstancias en que uno tenga una gran necesidad de disfrazarse u ocultarse. Por ese motivo, el Ministerio de Magia ha insistido en crear un registro de animagos, pues no cabe duda de que esta clase de magia resulta de mucha más utilidad para las personas que se dedican a actividades subrepticias, clandestinas o incluso criminales.[2]

Podemos poner en duda que existiera alguna vez una lavandera que se transformara en conejo; sin embargo, algunos historiadores mágicos han sugerido que Beedle modeló a Babbitty inspirándose en la famosa hechicera Lisette de Lapin, condenada por brujería en París en 1422. Para gran perplejidad de sus guardianes muggles, que más tarde fueron juzgados por ayudarla a escapar, Lisette desapareció

2. [La profesora McGonagall, directora de Hogwarts, me ha pedido que aclare que ella se convirtió en animaga únicamente como resultado de sus intensos estudios sobre la disciplina de la Transformación, y que nunca ha utilizado esa habilidad para convertirse en una gata atigrada con ningún propósito subrepticio, salvo los legítimos asuntos relacionados con la Orden del Fénix, donde la ocultación y el secreto eran imperativos. JKR]

de su celda la noche antes de su ejecución. Pese a que nunca se ha demostrado que fuera una animaga ni que consiguiera escurrirse entre los barrotes de la ventana de su celda, posteriormente vieron a un conejo blanco cruzando el canal de la Mancha en un caldero al que le habían puesto una vela, y más tarde un conejo parecido se convirtió en leal consejero de la corte del rey Enrique VI.[3]

El rey del cuento de Beedle es un muggle estúpido que codicia y teme la magia. Cree que podrá convertirse en mago simplemente aprendiendo conjuros y agitando una varita mágica.[4] Ignora por

---

3. Quizá eso contribuyera a que ese rey muggle tuviera fama de perturbado mental.

4. Como demostraron unos intensivos estudios del Departamento de Misterios en el año 1672, los magos y las brujas nacen, no se hacen. Así como la capacidad «natural» de realizar magia aparece a veces en personas de orígenes aparentemente no mágicos (aunque varios estudios posteriores insinúan que siempre ha habido un mago o una bruja en alguna rama del árbol genealógico), los muggles no pueden realizar magia. Lo mejor —o lo peor— a que pueden aspirar es a obtener resultados incontrolados y aleatorios generados por una varita mágica auténtica, pues un instrumento a través del que se canaliza la magia conserva en ocasiones poderes residuales y puede descargarlos en momentos inesperados. Véanse también mis notas sobre varitas mágicas en el comentario de «La fábula de los tres hermanos».

completo la verdadera naturaleza de la magia y los magos, y por eso se traga las ridículas sugerencias del charlatán y de Babbitty. Eso es típico, desde luego, de una particular forma de pensar de los muggles: en su ignorancia, están dispuestos a aceptar toda clase de imposibles acerca de la magia, incluida la proposición de que Babbitty se ha convertido en un árbol capaz de pensar y hablar. (Con todo, llegados a este punto conviene señalar que si bien Beedle utiliza el truco del árbol parlante para mostrarnos la ignorancia del rey muggle, también nos pide que creamos que Babbitty puede hablar cuando adopta forma de conejo. Podría tratarse de una licencia poética, pero creo que lo más probable es que Beedle sólo hubiera oído hablar de los animagos, sin haber conocido a ninguno, pues ésa es la única libertad que se toma con las leyes mágicas en su historia. Los animagos no conservan la capacidad del habla humana mientras tienen forma animal, aunque sí todo su pensamiento humano y su capacidad de razonar. Ésa, como saben todos los colegiales, es la diferencia fundamental entre ser un animago y transformarse en animal. En el caso

de la Transformación, uno se convierte por completo en animal y, por consiguiente, no sabe magia alguna, no tiene conciencia de haber sido mago en otro momento y necesita que otra persona vuelva a transformarlo para devolverle su forma original.)

Es posible que cuando hizo que su heroína fingiera convertirse en árbol y amenazara al rey con infligirle un dolor comparable al de un hachazo en el costado, Beedle se inspirara en tradiciones y prácticas mágicas reales. Los árboles que producen madera para fabricar varitas mágicas siempre han estado celosamente protegidos por los fabricantes de varitas que los cultivan, y al talar uno de esos árboles para robar su madera uno se arriesgaría no sólo a provocar a los bowtruckles[5] que suelen vivir en ellos, sino también a sufrir los efectos de las maldiciones protectoras colocadas alrededor por sus propietarios. En la época de Beedle, el Ministerio de Magia todavía no había ilegalizado la maldi-

---

5. Para una descripción de estos extraños habitantes de los árboles, véase *Animales fantásticos y dónde encontrarlos*.

ción *cruciatus,*[6] que habría podido producir precisamente los efectos con que Babbitty amenaza al rey.

6. Las maldiciones *cruciatus, imperius* y Avada Kedavra fueron clasificadas como imperdonables en 1717, y se las penalizó con los castigos más severos.

5

La Fábula de
 los Tres Hermanos

Había una vez tres hermanos que viajaban a la hora del crepúsculo por una solitaria y sinuosa carretera. Los hermanos llegaron a un río demasiado profundo para vadearlo y demasiado peligroso para cruzarlo a nado. Pero como los tres hombres eran muy diestros en las artes mágicas, no tuvieron más que agitar sus varitas e hicieron aparecer un puente para salvar las traicioneras aguas. Cuando se hallaban hacia la mitad del puente, una figura encapuchada les cerró el paso.

Y la Muerte les habló. Estaba contrariada porque acababa de perder a tres posibles víctimas, ya que normalmente los viajeros se ahogaban en el río. Pero ella fue muy astuta y, fingiendo felicitar a los tres hermanos por sus poderes mágicos, les dijo que cada uno tenía opción a un premio por haber sido lo bastante listo para eludirla.

Así pues, el hermano mayor, que era un hombre muy combativo, pidió la varita mágica más poderosa que existiera, una varita capaz de hacerle ganar todos los duelos a su propietario; en definitiva, ¡una varita digna de un mago que había vencido a la Muerte! Ésta se encaminó hacia un saúco que había en la orilla del río, hizo una varita con una rama y se la entregó.

A continuación, el hermano mediano, que era muy arrogante, quiso humillar aún más a la Muerte, y pidió que le concediera el poder de devolver la vida a los muertos. La Muerte sacó una piedra de la orilla del río y se la entregó, diciéndole que la piedra tendría el poder de resucitar a los difuntos.

Por último, la Muerte le preguntó al hermano menor qué deseaba. Éste era el más humilde y tam-

bién el más sensato de los tres, y no se fiaba un pelo. Así que le pidió algo que le permitiera marcharse de aquel lugar sin que ella pudiera seguirlo. Y la Muerte, de mala gana, le entregó su propia capa invisible.

Entonces la Muerte se apartó y dejó que los tres hermanos siguieran su camino. Y así lo hicieron ellos mientras comentaban, maravillados, la aventura que acababan de vivir y admiraban los regalos que les había dado la Muerte.

A su debido tiempo, se separaron y cada uno se dirigió hacia su propio destino.

El hermano mayor siguió viajando algo más de una semana, y al llegar a una lejana aldea buscó a un mago con el que mantenía una grave disputa. Naturalmente, armado con la Varita de Saúco, era inevitable que ganara el duelo que se produjo. Tras matar a su enemigo y dejarlo tendido en el suelo, se dirigió a una posada, donde se jactó por todo lo alto de la poderosa varita mágica que le había arrebatado a la propia Muerte, y de lo invencible que se había vuelto gracias a ella.

Esa misma noche, otro mago se acercó con sigilo mientras el hermano mayor yacía, borracho

como una cuba, en su cama, le robó la varita y, por si acaso, le cortó el cuello.

Y así fue como la Muerte se llevó al hermano mayor.

Entretanto, el hermano mediano llegó a su casa, donde vivía solo. Una vez allí, tomó la piedra que tenía el poder de revivir a los muertos y la hizo girar tres veces en la mano. Para su asombro y placer, vio aparecer ante él la figura de la muchacha con quien se habría casado si ella no hubiera muerto prematuramente.

Pero la muchacha estaba triste y distante, separada de él por una especie de velo. Pese a que había regresado al mundo de los mortales, no pertenecía a él y por eso sufría. Al fin, el hombre enloqueció a causa de su desesperada nostalgia y se suicidó para reunirse de una vez por todas con su amada.

Y así fue como la Muerte se llevó al hermano mediano.

Después buscó al hermano menor durante años, pero nunca logró encontrarlo. Cuando éste tuvo una edad muy avanzada, se quitó por fin la capa invisible y se la regaló a su hijo. Y entonces reci-

bió a la Muerte como si fuera una vieja amiga, y se marchó con ella de buen grado. Y así, como iguales, ambos se alejaron de la vida.

Notas de Albus Dumbledore sobre «La fábula de los tres hermanos»

Esta historia me causó una profunda impresión en mi niñez. La oí por primera vez de boca de mi madre y no tardó en convertirse en el cuento que más a menudo pedía a la hora de acostarme. Eso solía provocar discusiones con mi hermano pequeño, Aberforth, cuya historia favorita era «Gruñona, la Cabra Mugrienta».

La moraleja de «La fábula de los tres hermanos» no podría estar más clara: cualquier esfuerzo humano por eludir o vencer la muerte está destinado al fracaso. El hermano menor («el más humilde y también el más sensato de los tres») es el único que entiende que, habiendo escapado por los pelos de la Muerte una vez, lo mejor que puede esperar es que su siguiente encuentro se posponga el mayor tiempo posible. El hermano menor sabe que provocar a la Muerte —empleando la violencia, como el her-

mano mayor, o jugueteando con el misterioso arte de la nigromancia,[1] como el hermano mediano— significa enfrentarse a un astuto enemigo que nunca pierde.

La ironía consiste en que alrededor de esta historia ha surgido una extraña leyenda que contradice precisamente el mensaje del relato original. Esa leyenda sostiene que los regalos que la Muerte da a los hermanos —una varita invencible, una piedra que puede resucitar a los muertos y una Capa Invisible que perdura eternamente— son objetos tangibles que existen en el mundo real. La leyenda va aún más lejos: quien consiga hacerse legítimamente con esos tres objetos se convertirá en «señor de la muerte», lo que viene a significar que se volverá invulnerable e incluso inmortal.

Podríamos sonreír, quizá con cierta tristeza, pensando en lo que eso revela sobre la naturaleza humana. La interpretación más amable sería: «La esperan-

---

1. [La nigromancia es el arte oscuro de hacer regresar a los muertos. Es una rama de la magia que nunca ha funcionado, como pone en evidencia esta historia. JKR]

za siempre resurge.»[2] Pese a que, según Beedle, dos de esos objetos son sumamente peligrosos, y a pesar del claro mensaje de que la Muerte vendrá a buscarnos a todos tarde o temprano, una pequeña minoría de la comunidad mágica insiste en creer que Beedle plasmó un mensaje cifrado que expresaba exactamente lo contrario de lo que se lee en el papel, y que sólo ellos son lo bastante inteligentes para entender.

Existen muy pocas pruebas que respalden esa teoría (o quizá debiera decir esa «desesperada esperanza»). Las capas invisibles, aunque raras, existen en nuestro mundo; sin embargo, la historia deja claro que esa Capa Invisible es única por su carácter perdurable.[3] En todos los siglos transcurri-

2. [Esta cita demuestra que Albus Dumbledore, además de ser excepcionalmente culto en términos mágicos, conocía las obras del poeta muggle Alexander Pope. JKR]

3. [Las capas invisibles no son, en general, infalibles. Con el tiempo, pueden rasgarse o volverse opacas, y los encantamientos que llevan pueden dejar de actuar o quedar anulados por encantamientos reveladores. Por eso, para camuflarse u ocultarse, los magos y las brujas suelen recurrir en primer lugar a los encantamientos desilusionadores. Albus Dumbledore era famoso por realizar un encantamiento desilusionador tan poderoso que le permitía volverse invisible sin necesidad de una capa. JKR]

dos entre la época de Beedle y nuestros días, nadie ha encontrado la Capa de la Muerte. Los verdaderos creyentes lo explican así: o los descendientes del hermano pequeño no saben de dónde procede su Capa, o lo saben y están decididos a hacer gala de la sabiduría de sus antepasados no pregonándolo a los cuatro vientos.

Como es lógico, la piedra tampoco ha aparecido nunca. Como ya he observado en el comentario sobre «Babbitty Rabbitty y su cepa carcajeante», no podemos resucitar a los muertos, y hay muchas razones para suponer que eso seguirá siendo así. Por supuesto, los magos tenebrosos han intentado repugnantes sustituciones y han creado los inferi,[4] pero éstos son sólo títeres horrendos, no verdaderos humanos resucitados. Es más, la historia de Beedle es muy explícita respecto al hecho de que la enamorada del hermano mediano no regresa realmente del mundo de los muertos. La Muerte la envía para atraer al hermano mediano hacia sus garras, y por

---

4. [Los inferi son cadáveres reanimados mediante magia oscura. JKR]

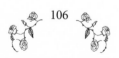

eso es fría, distante, atormentadoramente presente y ausente a la vez.[5]

Ya sólo nos queda la varita, y aquí los obstinados creyentes en el mensaje oculto de Beedle tienen, por fin, alguna prueba histórica que respalde sus descabelladas afirmaciones. Porque resulta —ya sea porque les gustaba ensalzarse, o para intimidar a posibles agresores, o porque de verdad creían en lo que decían— que a lo largo de los tiempos diversos magos han asegurado poseer una varita más poderosa que cualquier otra, incluso una varita «invencible». Algunos de éstos han llegado a afirmar que su varita estaba hecha de saúco, como la que presuntamente hizo la Muerte. Esas varitas han recibido distintos nombres, entre ellos «Varita del Destino» y «Vara Letal».

No debería sorprendernos que nuestras varitas, que al fin y al cabo son nuestra herramienta y nuestra arma más importante, hayan inspirado supersti-

5. Muchos críticos creen que, para crear esa piedra capaz de resucitar a los difuntos, Beedle se inspiró en la Piedra Filosofal, la cual produce el Elixir de la Vida que proporciona la inmortalidad.

ciones. Se supone que ciertas varitas (y por tanto sus dueños) son incompatibles:

> *Si la de él es de roble y la de ella de acebo,*
> *el que los case será un majadero.*

O que denotan defectos del carácter de su propietario:

> *Serbal, chismoso; castaño, zángano;*
> *fresno, tozudo; avellano, quejica.*

Y por supuesto, dentro de esta categoría de dichos infundados encontramos éste:

> *Varita de saúco, mala sombra y poco truco.*

Ya sea porque en el cuento de Beedle la Muerte hace la varita con una rama de saúco, o porque ha habido magos violentos o ansiosos de poder que han insistido en que su varita era de saúco, los fabricantes de varitas no muestran predilección por esa madera.

La primera mención bien documentada de una varita de saúco dotada de poderes particularmente peligrosos es la de Emeric, llamado «el Malo», un mago extraordinariamente agresivo que vivió pocos años pero aterrorizó el sur de Inglaterra en la Edad Media. Murió como había vivido, en un feroz duelo con otro mago llamado Egbert. No se sabe qué fue de éste, pero la esperanza de vida de los duelistas medievales no era muy grande. Antes de que se creara un Ministerio de Magia para regular el uso de la magia oscura, los duelos a menudo resultaban mortales.

Un siglo más tarde, otro desagradable personaje llamado Godelot hizo avanzar el estudio de la magia oscura redactando una colección de peligrosos hechizos con ayuda de una varita que él mismo describía en sus notas como «mi más perversa y sutil amiga, con cuerpo de sayugo,[6] experta en la magia más maléfica». (Godelot tituló su obra maestra *Historia del mal.*)

6. Antiguamente, saúco.

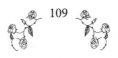

Como vemos, Godelot considera que su varita es una ayudanta, casi una instructora. Las personas entendidas en varitas[7] coincidirán conmigo en que las varitas mágicas absorben, en efecto, la pericia de quienes las utilizan, aunque se trata de un efecto impredecible e imperfecto; hay que tener en cuenta muchos factores adicionales, como la relación entre la varita y el usuario, para saber qué resultados puede esperar de ella determinado individuo. Con todo, es probable que una hipotética varita que haya pasado por las manos de muchos magos tenebrosos tenga, como mínimo, una marcada afinidad con los tipos de magia más peligrosos.

La mayoría de los magos y brujas prefieren una varita que los «elija» a ellos antes que una de segunda mano, precisamente porque éstas pueden haber adquirido costumbres de su anterior dueño incompatibles con el estilo de magia del nuevo usuario. La extendida costumbre de enterrar (o quemar) la varita junto con su dueño tras la muerte de éste, también tiende a impedir que una varita determinada

7. Como yo.

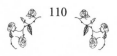

aprenda de demasiados dueños. Sin embargo, quienes creen en la Varita de Saúco sostienen que debido a las circunstancias en que siempre se ha transmitido de un propietario a otro —el nuevo propietario vence al anterior, generalmente matándolo—, nunca ha sido destruida ni enterrada, sino que ha sobrevivido y seguido acumulando una sabiduría, una fuerza y un poder extraordinarios.

Sabemos que Godelot murió en su propio sótano, donde lo había encerrado su hijo loco Hereward. Debemos suponer que Hereward le quitó la varita a su padre, pues de otro modo éste habría podido escapar; pero no estamos seguros de qué hizo después Hereward con la varita. Lo único que sabemos es que a principios del siglo XVIII apareció una varita que su propietario, Barnabas Deverill, llamaba «Varita de Sabuco»,[8] y que Deverill la utilizó para forjarse la reputación de mago temible hasta que otro poderoso mago, Loxias, puso fin a su reino de terror. Loxias se hizo con la varita, la llamó «Vara Letal» y la utilizó para deshacerse de cuantos lo contrariaban.

8. También antiguamente, saúco.

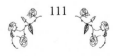

Es difícil seguir el rastro de la posterior historia de Loxias y su varita, ya que son muchos quienes aseguran haberle dado muerte, incluida su propia madre.

Lo que debe sorprender a cualquier mago o bruja inteligente al estudiar la presunta historia de la Varita de Saúco es que todos los magos que han asegurado haberla poseído[9] han insistido en que era «invencible», cuando el hecho de que haya pasado por las manos de muchos propietarios demuestra que no sólo la han vencido centenares de veces, sino que además atrae los problemas como Gruñona la Cabra Mugrienta atrae las moscas. En definitiva, la búsqueda de la Varita de Saúco confirma una observación que he tenido ocasión de hacer en muchas ocasiones a lo largo de la vida: que los humanos tienen la manía de escoger precisamente las cosas que menos les convienen.

Pero ¿quién de nosotros habría demostrado poseer la sabiduría del hermano pequeño si le hubie-

---

9. Ninguna bruja ha afirmado nunca poseer la Varita de Saúco. Podéis interpretar este dato como queráis.

ran dado a elegir entre los tres regalos de la Muerte? Tanto los magos como los muggles están imbuidos de ansias de poder; ¿cuántos rechazarían la Varita del Destino? ¿Qué ser humano, tras perder a un ser querido, resistiría la tentación de la Piedra de la Resurrección? Hasta a mí, Albus Dumbledore, me resultaría más fácil rechazar la Capa Invisible; y eso sólo demuestra que, pese a mi inteligencia, sigo siendo tan necio como el que más.

children's

HIGH LEVEL GROUP

health. education. welfare.

Querido lector:

Muchas gracias por comprar este libro tan especial. Quisiera aprovechar esta oportunidad para explicarte cómo tu apoyo nos ayudará a cambiar la vida de muchos niños desvalidos.

En Europa, más de un millón de niños vive en grandes hospicios. Contrariamente a lo que cree mucha gente, la mayoría no son huérfanos sino niños que necesitan asistencia social porque sus padres son pobres, discapacitados o miembros de alguna minoría étnica. Muchos de estos niños padecen minusvalías, pero a menudo no reciben ninguna ayuda sanitaria ni educativa. En algunos casos ni siquiera tienen cubiertas las necesidades básicas, como una alimentación adecuada. Y casi siempre carecen de estímulos y contacto humano y emocional.

Para cambiar la vida de estos niños, y para intentar asegurarnos de que ninguna generación futura sufra como ellos, en 2005 J. K. Rowling y yo fundamos la organización benéfica Children's High Level Group (CHLG). Queríamos darles una voz a esos niños abandonados: permitir que sus historias se escuchen.

CHLG pretende poner fin a la utilización de instituciones masificadas y fomentar otros sistemas que permitan a los niños vivir con familias —las suyas, de acogida o adoptivas de su misma nacionalidad—, o en pequeños grupos en hogares tutelados.

Esta campaña ayuda a casi un cuarto de millón de niños todos los años. Hemos creado una línea telefónica de ayuda, independiente y exclusiva, que proporciona apoyo e información a centenares de miles de niños. También dirigimos actividades educativas, entre ellas el proyecto «Acción Comunitaria», mediante el cual jóvenes que estudian en colegios normales trabajan en los hospicios con niños necesitados de atenciones especiales; y «Edelweiss», que permite a los jóvenes marginados e internados expresarse mediante la creatividad y el talento. Y en

Rumanía, CHLG ha creado un consejo nacional de niños que representa los derechos de los menores y les permite expresar sus propias experiencias.

Pero tenemos un alcance limitado. Necesitamos fondos para crecer y duplicar nuestro trabajo; eso nos permitirá llegar a más países y más niños que requieren ayuda urgente.

CHLG se distingue de otras organizaciones no gubernamentales que se dedican a esta misma actividad, en que trabaja con los gobiernos y las instituciones nacionales, con la sociedad civil, con profesionales y organizaciones de voluntarios, así como con proveedores de servicios del propio país.

CHLG aspira a conseguir la plena aplicación de la Convención sobre los Derechos del Niño de Naciones Unidas en toda Europa y, con el tiempo, en todo el mundo. En sólo dos años, hemos ayudado a varios gobiernos a desarrollar estrategias para impedir el abandono de recién nacidos en los hospitales y para mejorar la atención que reciben los niños minusválidos o discapacitados, y hemos creado un manual de buenas prácticas para la gestión de los hospicios.

Te agradecemos sinceramente que hayas adquirido este libro. Este dinero tan necesario permitirá a CHLG continuar sus actividades, proporcionando a centenares de miles de niños la oportunidad de una vida decente y sana.

Para conocernos mejor y para saber cómo puedes participar más, visita www.chlg.org.

Gracias,

Emma Nicholson,
baronesa de Winterbourne
Eurodiputada y cofundadora de CHLG